Texte : Carole Tremblay
Illustrations : Philippe Germain

Fred Poulet enquête sur une chaussette

À PAS DE LOUP

Niveau

4

En route vers le roman

Dominique et compagnie

À pas de loup avec liens Internet

www.dominiqueetcompagnie.com/pedagogie

ouvre la porte à une foule d'activités pour les enfants, les parents et les enseignants. Un véritable complément à l'apprentissage de la lecture !

**Catalogage avant publication
de Bibliothèque et Archives Canada**

Tremblay, Carole, 1959-
Fred Poulet enquête sur une chaussette
(À pas de loup. Niveau 4, En route vers le roman)
Pour enfants.

ISBN 978-2-89512-625-6

I. Germain, Philippe, 1963- . II.Titre. III. Collection.

PS8589.R394F73 2007 jC843'.54 C2007-940292-5
PS9589.R394F73 2007

Directrice de collection : Lucie Papineau
Direction artistique et graphisme :
Primeau & Barey
Dépôt légal : 3e trimestre 2007
Bibliothèque et Archives nationales
du Québec
Bibliothèque nationale du Canada

Dominique et compagnie
300, rue Arran, Saint-Lambert
(Québec) Canada J4R 1K5
Téléphone : 514 875-0327
Télécopieur : 450 672-5448
Courriel : dominiqueetcie@editionsheritage.com
www.dominiqueetcompagnie.com

Imprimé au Canada

Nous remercions le Conseil des Arts du Canada de l'aide accordée à notre programme de publication.

Nous reconnaissons l'aide financière du gouvernement du Canada par l'entremise du Programme d'aide au développement de l'industrie de l'édition (PADIÉ) pour nos activités d'édition.

Nous reconnaissons l'aide financière du gouvernement du Québec par l'entremise du Programme de crédit d'impôt pour l'édition de livres – SODEC – et du Programme d'aide aux entreprises du livre et de l'édition spécialisée.

À la mémoire de toutes
les chaussettes disparues

Chremslau

Les héros

Fred Poulet
C'est moi. Enfin, c'est mon nom de détective. Ne me demandez pas mon vrai nom, il est *top secret*. Seul le patron est au courant de ma véritable identité.

Le patron
Le patron, c'est mon père. Il est journaliste. C'est lui qui m'a enseigné comment poser les bonnes questions. Malheureusement, il n'a pas toujours les bonnes réponses.

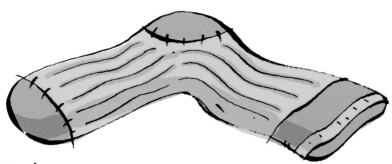

La chaussette
La victime du drame.

Madame Sicotte
Elle tient le lavoir en face du parc. Le linge sale, ça la connaît. Serait-ce elle, la coupable?

Pantoufle
C'est le chien de madame Sicotte. Il a un secret, mais je ne vais quand même pas vous le révéler tout de suite!

Le dossier
Une innocente chaussette est mystérieusement disparue. Fugue? Vol? Kidnapping? Un courageux détective (moi) décide de se pencher sur la question afin de faire éclater la vérité au grand jour.

Interrogatoires, indices, déductions: Fred Poulet mène l'enquête et dénonce les coupables!

Samedi, 7 h
Le réveil sonne, fracassant le silence de ma chambre.

7 h 1 min
Zut de zut ! Quelle patate
je suis ! J'ai mis la
sonnerie, même s'il n'y a
pas d'école aujourd'hui.

7 h 2 min

J'essaye de me rendormir. Je sens que ce ne sera pas facile, mais rien n'est à l'épreuve du grand Fred Poulet.

7 h 3 min
Je compte des moutons.

7 h 4 min
Je compte des girafes.

7 h 5 min
Je compte des côtelettes de porc.

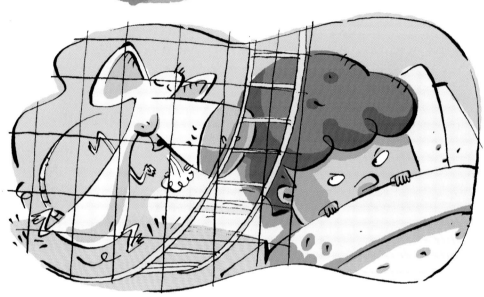

7 h 26 min
8467 côtelettes de porc plus tard, je suis toujours éveillé. Il faut dire que mon fidèle Blanc-Bec galope à toute vitesse dans sa cage, trépignant à l'idée de relever de nouveaux défis. À moins qu'il ne tente de battre le record olympique du tournage en rond ?

MÉMO :
PENSER
À HUILER
SA
ROULETTE

8

7 h 32 min
Je descends sur la pointe des pieds pour ne
pas réveiller le patron qui ronfle comme un avion
à réaction.

7 h 34 min

Je constate que le sol de la cuisine est un peu frisquet pour la pointe des pieds. Je remonte dans ma chambre chercher les grosses chaussettes que grand-maman m'a tricotées.

7 h 59 min
Après de longues et minutieuses recherches,
je dois me rendre à l'évidence : une de mes
chaussettes favorites manque à l'appel. Par la
moustache de Sherlock Holmes, où peut-elle
bien être ?

Je pose la question à Blanc-Bec, mon fidèle
assistant. Il n'a pas l'air de savoir. Une dure
journée s'annonce : Fred Poulet va encore
devoir se lancer dans une enquête d'envergure
internationale.

8 h 2 min
Pour être sûr que mes neurones vont fonctionner à plein régime, je me confectionne un club sandwich spécial Fred Poulet : beurre d'arachide, confiture et mélasse. Je commence à réfléchir la bouche pleine.

ÉTAPE 1

Je dresse la liste des raisons qui pourraient expliquer la disparition de la chaussette.

Par mégarde, je laisse tomber de la confiture sur la dernière possibilité. Tant mieux. Un crime sans coupable n'est pas vraiment intéressant.

ÉTAPE 2

Je dresse la liste des suspects potentiels.

Le patron

Il est tellement distrait qu'il est tout à fait capable d'avoir mis la chaussette dans un de ses tiroirs, dans la poubelle, dans le coffre à gants de la voiture ou même dans le frigo.

Une admiratrice

Peut-être qu'une fille de mon école, secrètement amoureuse de moi, l'a chipée pour avoir un souvenir à cacher sous son oreiller.

Un ennemi

Un vil malfaiteur cherche à me faire attraper une pneumonie afin que je ne puisse pas découvrir son crime.

La sécheuse

Il est bien connu que les sécheuses font régulièrement disparaître de pauvres chaussettes innocentes.

8 h 30 min
Fred Poulet interroge un premier suspect : moi.

8 h 31 min
Je consulte mon agenda et
réalise que je n'y inscris jamais
la couleur des chaussettes que
j'ai aux pieds.

17

8 h 38 min
Je décide de continuer mon enquête en interrogeant
la sécheuse. Je fonce vers la salle de bains. En
chemin, je croise un mort vivant. Je ne m'arrête
même pas.

8 h 38 min 30 s

Le mort vivant m'attrape par le bras et me lance :
« Veux-tu bien me dire ce que tu fais avec une seule
chaussette, Nicolas ? » (Bon, ça y est ! Il a révélé
mon vrai nom !) Je lui explique que la deuxième est
mystérieusement disparue. Il me répond qu'elle doit
être sous mon lit, avec deux ou trois legos et un
vieux biscuit.

8 h 41 min

Je cours vérifier cette hypothèse. Mais le patron m'a mis sur une mauvaise piste. Il y a bien une chaussette sous mon lit, mais ce n'est pas celle que je cherche. Par contre, je trouve un stylo porté disparu depuis longtemps. Je profite de cette découverte pour confectionner quelques affiches.

CHAUSSETTE DISPARUE

SI VOUS AVEZ DES INFORMATIONS, VEUILLEZ COMMUNIQUER AVEC FRED POULET. RÉCOMPENSE PROMISE

9 h 19 min
Quand je redescends à la cuisine, le patron a
terminé son café et a retrouvé visage humain. Je
lui transmets mes soupçons concernant la sécheuse.
C'est alors qu'il me fait une révélation foudroyante :
notre sécheuse est en panne ! Mon père a dû
aller faire sécher le linge au lavoir, mardi dernier.
Cet indice me lance sur une nouvelle piste.

9 h 20 min
J'enfile la chaussette trouvée sous le lit. Puis je
fonce vers ce qui ne peut être que le lieu du crime :
le lavoir !

9 h 21 min
Mon père me conseille
de mettre un autre
pantalon que mon bas
de pyjama.

9 h 22 min
J'obéis au patron.
J'en profite pour glisser
Blanc-Bec dans la
poche de mon manteau.
On ne sera pas trop
de deux pour dénouer
cette sinistre intrigue.

9 h 31 min
Sur le chemin du lavoir, je pose quelques affiches.
Mon fidèle Blanc-Bec monte la garde pour s'assurer
que personne ne nous repère.

9 h 39 min

Tout en marchant, je scrute les chevilles des passants. Aucun d'eux ne porte ma fameuse chaussette. Je remarque un peu tard qu'il y a un poteau de téléphone devant l'épicerie.

9 h 42 min
Une fois arrivé au lavoir, je recopie certains détails louches dans mon carnet :

9 h 45 min
Avant d'entrer, j'examine les lieux
par la fenêtre. Je recense :
Huit laveuses
Huit sécheuses
Une machine distributrice de détersif
Une machine à faire de la monnaie
Un téléphone public
Quatre paniers plus ou moins défoncés
Six chaises de mauvaise qualité
Une poubelle

9 h 50 min
J'ai encore le nez collé à la fenêtre quand j'entends un drôle de bruit derrière moi. Blanc-Bec s'affole dans ma poche. Il tente sûrement de m'avertir de quelque chose.

9 h 50 min 2 s
Je me retourne. Je ne vois qu'un nuage de fumée. C'est sûrement le criminel qui utilise une arme secrète pour m'anéantir. Je plaque mon foulard sur mon visage pour me protéger des gaz nocifs.

9 h 51 min

Le nuage se dissipe. Madame Sicotte, la propriétaire du lavoir, apparaît. Elle tousse un peu. Puis ses genoux toussent. Je suis tellement étonné que je baisse les yeux pour voir comment elle fait ça. J'aperçois alors son caniche.

9 h 51 min 10 s
Je révise mon analyse.
Ce n'était pas les
genoux de madame
Sicotte qui toussaient,
mais son chien.

9 h 55 min
Madame Sicotte éteint
sa cigarette. Elle me
jette un regard louche.
L'animal essaie de japper,
mais il ne réussit qu'à
tousser. Avant d'entrer,
la suspecte lance :
« Tranquille, Pantoufle ! »

Je note le nom de son
complice.

9 h 57 min

Maintenant qu'elle m'a vu, la tenancière du lavoir va se méfier. Il me faudra faire preuve de ruse pour poursuivre mon enquête. Je me tapis dans une entrée voisine et réfléchis à la meilleure stratégie à employer.

10 h 22 min
Couvert de neige,
je réalise que madame
Sicotte sort toutes
les 20 minutes pour
fumer une cigarette.
Je peaufine mon plan :
quand elle sera dehors,
je vais me glisser à
l'intérieur, déguisé en
client normal. Mais
comment faire pour
avoir l'air normal ?

10 h 25 min
J'ai trouvé : je vais
prendre un sac de
déchets sur le trottoir
et faire comme s'il
s'agissait d'une
poche de linge sale !

10 h 59 min

Madame Sicotte sort fumer une cigarette.
Je me faufile en douce dans le lavoir. Il était
temps, je suis presque congelé.

Le chien tousse à mon passage. (Peut-être
a-t-il le rhume finalement?)

11 h 2 min
J'ai à peine fait quelques pas à l'intérieur que
la propriétaire entre à son tour. J'ai l'impression
qu'elle se méfie. Elle a sûrement quelque chose
à se reprocher. Je cours me cacher derrière
la poubelle.

11 h 4 min

Madame Sicotte fait semblant de ne pas m'avoir vu. Elle attrape le sac-poubelle que j'ai laissé devant une laveuse et...
Oh non ! Elle en vide le contenu dans une des machines !

11 h 5 min
Un nombre impressionnant de gros mots s'échappent de sa bouche. Je ne peux pas les transcrire ici, de peur de faire des fautes.

11 h 6 min

Pantoufle s'approche de moi et commence à me renifler. Le traître ! Il va bientôt nous démasquer. Juste comme je décide de m'enfuir, Blanc-Bec s'échappe de ma poche.

11 h 7 min
À la vue de Blanc-Bec, Pantoufle devient complètement dingue. Il tourne en rond, en toussant. (À moins que ce ne soit sa façon de japper? Je commence à avoir des doutes.)

11 h 9 min
Madame Sicotte, qui a des réflexes impressionnants, capture mon associé.

11 h 9 min 38 s
Elle attrape par une
oreille l'associé de
mon associé (c'est-
à-dire moi). Aïe !

11 h 23 min

Je dois conclure un pacte avec le diable pour avoir la vie sauve.

Tâches à faire si je ne veux pas que madame Sicotte appelle mon père pour se plaindre :

1-Ramasser les déchets et les remettre dans le sac.

2-Passer le balai dans tout le lavoir.

3-Sortir les poubelles.

J'accepte toutes ses conditions en échange de son silence.

11 h 45 min
Madame Sicotte sort fumer une cigarette. Entre deux coups de balai, je tente de convaincre Pantoufle de m'aider à retrouver ma précieuse chaussette.

11 h 48 min
Un yéti entre dans le lavoir. Pantoufle court
se cacher en toussant. Je le suis, en sautant à
cloche-pied.

11 h 49 min
Le yéti m'interpelle. Je me
rends compte que c'est
mon père quand il s'écrie :
« Ah ! Tu es là, toi ! »

Je suis tellement étonné
que je tombe dans un
panier de linge sale.

Comment as-tu su que j'étais ici ?

Facile ! Tu as posé des affiches
partout !

11 h 50 min

Madame Sicotte entre. Elle regarde mon père, me regarde, assis dans le panier, regarde ma chaussette. Elle fronce les sourcils et nous ordonne de ne pas bouger. Le patron et moi demeurons immobiles et silencieux. Je crains le pire. Et si elle allait chercher une arme? On n'entend que le bruit des sécheuses qui tournent. Le suspense est terrible.

11 h 52 min

Madame Sicotte plonge la tête sous son comptoir
et en sort… une boîte où il est écrit « Objets perdus ».
Elle en tire une chaussette pareille à la mienne. Je
sens qu'elle s'apprête à exiger une rançon…

11 h 56 min
À mon grand étonnement, la suspecte se contente
de lancer d'une voix nasillarde :

Ce ne serait pas à vous, ça,
par hasard ?

11 h 56 min 22 s
Et pan ! Encore
une énigme résolue !
Quel as je suis !

11 h 57 min
Après quelques remerciements, mon père décrète qu'il est l'heure de manger. Blanc-Bec est d'accord. Moi aussi.

Tu as vu, papa, le pauvre Pantoufle n'arrêtait pas de tousser. Penses-tu que c'est à cause des cigarettes de madame Sicotte?

Mais non, mon grand, c'est sa façon de japper. Ce chien a été opéré des cordes vocales.

Par la moustache de Sherlock Holmes, j'aurais dû
y penser ! Madame Sicotte l'a sûrement fait taire
pour éviter qu'il ne dévoile un secret. Je ne sais pas
encore ce que cache ce témoin muet mais, foi de
Fred Poulet, je vais trouver ! N'est-ce pas, Blanc-Bec ?

Fin de la troisième enquête